let destiny find you

Flairs and Glairs

Publication House

"Let Destiny Find You"

ISBN No: " 978-93-91302-21-4"
1ˢᵗ Edition
Language – English and Hindi

Flairs and Glairs
Publication House
Regd. Under MSME Act.

Disclaimer

This is a work of fiction and solely represent the thoughts of the corresponding authors of the articles. Our editors have tried their best to edit the content of all the authors and check the plagiarism.

All the write-ups in this book are unique and are only published in this book.

In case any plagiarism or error is found, only the author is responsible alone, and not the publisher or the Compilers.

Cover Designing and Book Formatting
Shubham Shah and Ishani Agarwal

Acknowledgement

A warm welcome of all the readers,

Completing this anthology was never easy, without the omnipotent forces which acted in our favor.
I am grateful to the universe for guiding me all the way in bringing this book to the extent of success.
I am thankful to my parents who acted as a backbone by their contribution in furnishing my talent, and to reach and achieve whatever I have today.
A million special thanks to my honorable Dr. Bansal, for their magical motivational words, which boosted my self confidence and helped to take stand for my dreams. I feel a positive gratitude towards them. They laid a base for my pillar to stand and no words could ever complement their self-less favor.
For the efforts of my co-authors, whatever they wrote in the book and for the book, they deserve a true appreciation, over just a word Thank you!!! This book is a reward of their precious time and beautiful write ups.
I am highly obliged to my each and every co-author for their participation.
A big thank to all those who contributed in this anthology in some way or the other.

Thank you.

Now let's dive into the feelings of secret love and be a destiny believer.

Co-Authors

Shubham Shah (Founder Flairs and Glairs)
Ishani Agarwal (Co-founder Flairs and Glairs)
Ms. Ishrat Jahan Noor Mohammad Khan (Project Head)
Garima Aggarwal (Compiler)

1. Nidhi Aggarwal
2. Vishakha Gupta
3. Rakesh Lohat
4. Niharika Bhadauriya
5. Neha Aggarwal
6. Srishti Parihar
7. Devesh Dinwant Pal
8. Anshuman Sharma
9. Vivek Kumar Srivastava
10. Ayush Mondal
11. Jalpa Solanki
12. Pooja Arora
13. Himani Bisht
14. Abhishek Singhal
15. Sandeep Sain
16. Kavya Malik
17. Hridyesh Kumar Joshi
18. Ashish Gautam
19. Osheen Khan
20. Vipin Kumar
21. Pallavi Yadav
22. Supriya Sharma
23. Bandana Satpathy
24. Anuja Singh Sharma
25. Priyanka Varma
26. Varinder Kumar Langeh
27. Nikita Goyal

28. Choudhary Anant Baliyan
29. Naieem Ahmad
30. Agrima Viraj
31. Avantika Yadav
32. Shivam Hudda
33. Arnav Abhishek Gupta

Shubham Shah

(Founder- Flairs and Glairs)

Shubham Shah, an entrepreneur at "Flairs & Glairs" a brand with dynamics in events organizing and cultural educational pan INDIA, is a 26yrs old guy who recently has entered the digital platform of imprinting emotions. He has initiated with his own open mic platform to help budding poets and aspiring writers under his brand named as "Teekhe Zasbaaat"

He is a commerce graduate from the Bhagalpur City of Bihar.

He states Writing has impersonated him since childhood and he has now been writing for over a decade!

Cooking, on the other hand, is his passion! He also mentions, trying out new things just tickles him!

When asked sir, Why SPICY EMOTIONS?

He smiled and added, "agar jasbaat teekhe na ho toh wo jasbaat kahan" Spices are all that blends! So do his words!

As a chef, he presents to you his dish! Hot and freshly served! Taste it! Feel it! Enjoy it! You can also find his writing in the Book "Teekhe Zasbaaat" and 50+ Co-authored anthologies. With his passion to explore opportunities across Platforms, he is working with keen devotion and We wish him all the very best for his future ventures.

He is Featured in the International Magazine DeMode for his upcoming solo novel.

He is Approved by Ne8x for its Lit Fest, and is a Golden Star Awards 2020 Winner.

He is a India Book of Records Holder for his Anthology Satrang, and has the Grandmaster title by Asia Book of Records, for the same.

He has also been featured in Prabhat Khabar, Dainik Jagran, and a lot of other Newspapers in Bihar for his achievements.

He has been a proud co-author to

India Book Of Records (Title- Black)

World Book Of Records (Title -15 Wonders of Poetries)

India Book Of Records (Title - Aaina)

Vajra World Records Holder (Title - Gustakhi Maaf Hai)

High Range of Records Holder (Title - Gustakhi Maaf Hai)

Indian Book of Records

(Title - Road from Worst to Best)

Share your reviews on his

INSTAGRAM

@spicy_emotions
@shubham4shah
Or via email on

shubham2shah@gmail.com

To stay tuned to his work and opportunities follow his business Handles

INSTAGRAM   FACEBOOK   YOUTUBE

@flairsandglairs
@teekhezasbaaat

WEBSITE:

https://flairsandglairs.in/
https://flairsandglairs.com/

Ishani Agarwal

(Co-Founder- Flairs and Glairs)

Ishani Agarwal hails from the City of Joy, Kolkata.
She is the co-founder of her Community "Teekhe Zasbaaat" and Flairs and Glairs Publication.
Been a Compiler for 45+ Anthologies, she is in the process for more. Co-authored in 150+ Anthologies. She is a India Book of Records Holder, a Vajra World Records Holder, a High Range of Records Holder, an OMG Book of Records Holder, a Bravo Record holder, a Forever Star Book of World Records and an Indian Book of Records Holder.
Approved by Ne8x for its Lit Fest 2020, and Literary Icon 2020. Also a Golden Star Awards Winner 2020.
She has also been awarded with India Star Republic Award 2021, a part of She Awards by Awards Arc and Winner of Nari Samman 2021 by Literoma.

She is also selected as Best Achiever of the Year by AwardsArc and Most Challenging Compiler Award by Spectrum Awards.
She got her first solo Published,a solo Compilation consisting of first 750 contents of hers, titled "Hand That Burnt While Healing".

She has been featured by the National Magazine "Taree Zameen Par" with the title 'unstoppable'.
Also featured in the International Magazine DeMode for her upcoming solo novel, she is proud to write on social issues, and is happy with the love she is receiving.
Connect with her on Instagram: @Ishani_agarwal_quotes / @compilations_so_far

Ms. Ishrat Jahan Noormohammad Khan

Ms Ishrat Jahan Khan holds 15 years of teaching experience as full time Teacher at present she is designated as Asst. Head Mistress for Secondary and Higher Secondary section at St.Anthony's Convent Higher secondary School and she has 5 years teaching Experience as a part time Teacher

12 years of teaching experience in Coaching Classes

She holds Special achievements which are:-

1. She has been awarded as best National English and psychology teacher award from the hands of esteemed guest Urmila Mathondkar

2. She received Best Teacher awarded from rotary Club of Ulhasnagar in the 2010.

3. She has an Appreciation Award from SACHSS for HOD,
4. Appreciation certificate from rotary club of Badlapur industrial Area for participating in "Capture the Nature",
5. Appreciation Certificate for Guiding the Students Of interact Club,
6. Award of Appreciation for Organising SPARK event,
7. Appreciation certificate for short film Schizophrenia,
8. Award from ICE English scholarship.
9. She was nominated for universal festival.
Star India award for educational work.
10. Received womens day award.
11. She was the part of anthology Petals 2020
12. Was also a part of anthology khawabo ka
And was also a part of Ruh-e- Mohabbat.
13. She published a quote book under Your quote 'Mere Sabd Meri Jindagi'
14. She received more than 200 participation and
15. Appreciation certificate.
And many more….
 She has successfully made a video for the students for a tough topic like Schizophrenia.As
Schizophrenia is a chronic and severe mental disorder that affects how a person thinks, feels, and behaves. People with schizophrenia may seem like they have lost touch with reality. Although schizophrenia is not as common as other mental disorders, the symptoms can be very disabling.
 She loves Anchoring, She reads multiple books, She Writes Poems and Acts, Performs in Drama, Writing shayari Etc
She's fluent in Hindi, English, Marathi Arabic reading
Her Favourite Authors are William Shakespear, Munshi Premchand (Hindi)
Her Favourite poetry: Robert Frost, Harivanshrai bacchan
Her Favourite Books: Tempest and As You like It written by William Shakespear, Godan written by Munshi Premchand.

मुक़्क़द्दर को ही जंजीर बना लो

आज इंसान को बिकते देखा है
यहा अपनो को बदलते देखा है
जिन्होंने उंगली पकड़ के चलाया था
आज उन्हें हात झटकते देखा है
बेटी बन कर जीना चाहती थी
पर अनाथ बनने पर मजबूर कर दिया
हौसले बहोत थे
पर अब गम बहोत है
जिंदा रहे न रहे कल हम
ये पल रहे न रहे कल
मुझसे जुड़े हर इंसान से विनती है
अपना ख्याल रखना
आज जो पल दो पल ज्यादा जी रहे
वजह और ताकत आप ही हो
तकदीर बनालो
तस्वीर बना लो
मुक़्क़द्दर को ही जंजीर बना लो

Garima Aggarwal

Garima Aggarwal, a romantic poetess is born and brought up in a divine city **Haridwar, Uttrakhand.** She has completed her graduation in Bachelor of Commerce after which she completed Bachelor of Education in 2020. She has also qualified Central Teacher Eligibility Test in her vary first attempt. Currently she is pursuing Masters of Arts with specialiazation in Economics and preparing for a government teacher job in Central school, Kendriya Vidyalaya.

By profession, she is a teacher, but a passionate writer from heart. She is so much in love with poetries that she got appreciated by her principal and teachers for her beautiful write ups many times. She acquired these writing skills from her mother **Mrs. Nidhi Aggarwal,** who is herself a writer. For Garima, her mother is a source of inspiration, who is also a teacher and a writer as well.

She is a well known social activist,**working in an NGO, SEVA BHARTI** which aims and works for the welfare of weaker sections of society, imparting them free education and developing in them skills of self-reliablity. For which, recently, she has been nominated with **WAH! WOMANIYA, Women Excellence Awards,** by **NA CULTURAL SOCIETY, Chandigarh** for her dedication and services to the nation in the field of education.

She started her journey of a published co-author from an anthology **"LIFE"**, published under **Flairs and Glairs Publication House.** Further which she participated in so many anthologies. And till now she has worked as a co-author in more than 25 anthologies.

After being a co-author, she is a compiler of **3 anthologies,** with **3 different themes, "Secret Love", "Mother's Love", and "Love for nation".** These days, she is working on her 2 solo books, one is launching specifically this year in the month of October and the other will also be available in the market very soon.

Besides being a teacher by profession, and a poetess by heart, she is a comedy queen who well knows how to fill her surroundings with vibes of positivity and smiles.

She would love to dedicate her all 3 compiled anthologies "LET DESTINY FIND YOU", "HER WORDS, MY INSPIRATION" and "AE MERE VATAN" and her all the upcoming solo books to her dear Mother.

She has a favorite quote, quoted by her,
"NEVER FORGET TO LOVE AND LET LOVE FIND YOU"
She is a destiny believer and holds an opinion that one should never forget to love because love given always find magical ways to revert back to the giver.

To read what she shares over her social media,
Follow her on Instagram: @baniyahaiji.568

"Paigam-E-Mohabbat"

Mukammal ek roj ye Dua hogi
Jo Eid ke Chand si qubool hogi
Aaj talak jumme ki namaj Ada ki hai
Kabhi to kubool Meri ibadaat hogi

Roje ki iftari sa unka jab deedar hoga
Sadiyo ki talab ko Jo sukoon dega
Eid ke Chand se unke chehre ko
Tasveero Mai aksar hamne har dafa nvaja hai
Inshallah!! Kbhi to mauka ye unke deedar pe milega..
Kbhi to mauka ye unke deedar pe milega..

Wo kehte hai hamko izhaar krna nahi aata
Mana hamne hame jatana nahi aata
Alfaazo ko apne hamne falak pe sajaya hai
Chahe to ek najar wo utha ke dekhle..

Chand-taaro ko unke kisse sunaye hai
Andhere ki syahi se, safed chadar pe
"Paigam-e-mohabbat" hamne sajaye hai
Gulaab ki pankhurio Mai lapete khhato ko hamne
Unke pate Tak pahunchaye to kahi dafa
Inshallah!! Ek roj wo muskura kr apni manjuri bi de denge..
Ek roj wo muskura kr apni manjuri bi de denge....

Some of her quotes are-

"The day,
My eyes tackled his eyes,
I lost my heart,
Under the midst of His Love"

"I embedded my Love,
In the necklace of His silence,
And dipped my soul,
In the nectar of His fragrance"

"Secret love is the purest form of love"

Nidhi Aggarwal

Nidhi Aggarwal is born and brought up in Purkazi, a town in Muzzafarnagar (U.P).

She had completed her graduation in Bachelor of Science (B.Sc). Further which she completed her Bachelor of Education (B.Ed) in Biological Science.

She had studied her post graduation in Masters of Science (M.Sc) specialized in Botany and Masters of Education (M.Ed) and also double post graduated in Masters of Arts (M.A) specialized in Political Science. She is a teacher by profession but also a writer, who has written many articles and poems on Social evils like dowry, female foeticide, etc.

एक तरफ़ा मोहब्बत

कही राहों का भटका था वो मुसाफिर,
हकीकत ज़माने की दिखा के वो सो गया,
पर कराहते हुए हर एक आह उसकी
झंझोरती रही मुझे उस रात,
ना जाने ऐसा भी क्या दर्द था?
जो लड़खड़ाती ज़बा से भी वो बयां न कर सका।

खामोश थे उसके लब पर नम आँखों से,
झरने सा उसका गम बहता रहा,
लगता था मानो सजदे मे झुकी कर सर,
इबादत मे रहमत की भीख मांगता हो,
ना जाने ऐसा भी क्या दर्द था?
जो ख़्वाबों मे भी वो आँसू छुपा न सका।

टकटकी सी आँखे मेरी,
निहारती रही उसके जख़्मों को,
उसके मैले कपड़ों को और फटे जूतों को,
पढ़ने बैठी मै उस रात उसके चेहरे को,
उस सुकून भरी नींद मे छुपी उसकी बेचैनी को,
ना जाने ऐसा भी क्या दर्द था?
जो उस लहू से सने दिल को मरहम भी न मिल सका।

पूर्णिमा का था चाँद उस रात,
पर एकाएक ग्रहण रूपी मावस मे बदल गया,
संसनाती हवा के तेज़ झोकों ने,
उसकी ख़र्राटो को अपनी आगोश मे दबा लिया,
ना जाने ऐसा भी क्या दर्द था?
जो राज़ को समां बेपर्दा न कर सका।

मुट्ठी जो खुली दाएं हाथ की उसके,
भीगा हुआ सा ख़त एक आ गिरा क़दमों मे मेरे,
किस नज़ाकत से निभाई होगी उसने वफ़ा अपनी,
किस अदा से जताई होगी उसने हया अपनी,
जो गुमनाम सी चाहतें उसकी,
"एक तरफ़ा मोहब्बत "बन सकी।

Vishakha Gupta

Vishakha Gupta, born and brought up in Ghaziabad (U.P).

She has completed her Masters degree specialized in Physics. Along with this, She has a bachelor degree in Education. By profession she is a teacher, but also has a passion for writing. Her writing skills are inbuilt which over grown with time. Currently she is working on student counseling.

Follow her on Instagram: 111sweetygupta

"प्यार"

एक अजनबी एहसास
कुछ अनकहे विश्वास
लम्हों लम्हों का साथ ,
गुदगुदाता है जो हर सास ,
कभी धड़कन बनकर कभी इंतज़ार बनकर जो आता है पास,
एक अजनबी एहसास जो महकता है हर सास ||

था मिलन कुछ ऐसा ,
अंजाम होगा क्या किसने सोचा,
चलदिये साथ कुछ पल- चलदिये साथ कुछ पल,
पल बदले साल बदले ,
ना बदला तो ये साथ ,
था कुछ ऐसा कुछ अनकहा, अनसुना, अजनबी एहसास ||

बेवज़ह भीगती थी पलकें तो
कभी मुस्कुरा देती आँखें
कहना था बहुत कुछ पर लफ्ज़ ना थे पास ,
था कुछ ऐसा हो ना पायें जो बयान
मिलते तो बतादेतें
है समुंदर कुछ गहरासा
एक एहसास जो लगनेलगा प्यारा सा ||

मांगी है दुआ ,
झुका है सिर हर दर पर ,
होगी मुक़म्मल ये दुआ ,
कहता है हर एहसास हर एक सास
एक अजनबी एहसास जो बनगया जिंदगी का सार ||

Rakesh Lohat

Rakesh Lohat is born in Haridwar (U.k).
He has completed high school with Shari Shayari's expertise.

Along with this, by profession he is employed in the position of machine operator in a private company, but also loves writing. Her writing skills are inbuilt which grew over time.

He is currently working in social organizations and is known as a good social worker.

ज़िन्दगी

"हसरतें" इस "दिल" की "दिल" में, "दबी" रह गई.....
"ख्वाइशें" ये सारी आज यूँ "सहमी-सहमी" रह गई....
"कहने" को तो कही हमनें "दिल" की तमाम "बातें".....
फ़िर भी कुछ बातें "दिल" की ये, "अनकही" रह गई....
हर "दर्द" हर "ग़म" हमनें मुस्कराके, "झेल" लिया....
मगर "आंखों" में "निशानी" बनके, "नमी" रह गई.....
इतनी "वफ़ा" करने के बाद भी "वो", मेरा न हुआ....
कुछ तो ज़रूर मेरी इस "वफ़ा" में, "कमी" रह गई.....
"बिछड़" गए हम मगर "ताल्लुक" ख़त्म, नहीं हुआ.....
कुछ "यादें" हैं जो मेरे "ज़हन" में, "जमी" रह गई.....
हमको "गुज़रे" जंहा से एक "ज़माना" है, हो चुका.....
लोहट.....
"जिंदा" रहने के "नाम" पर बस ये, #ज़िंदगी रह गई.....

मुक़ाम

यूँ तो "लबों" पे अपने रहते जाने, कितने ही "नाम" थे......
मग़र "खयालों" में बस इक, "तुम" ही "सुबहो-शाम" थे......
न जाने कंयू "इकरारे-ए-वफ़ा", हम तुमसे ना कर सके......
मग़र "बेबस-ए-नज़र" से "दिल" ने, भेजे कितने "पैग़ाम" थे......
ना "तुमने" ही कुछ कहा था, ना "हमने" ही कुछ "कहा" था.....
फिर भी हर इक "जुबां" पर, "महोब्बत-ए-चर्चे" ये "आम" थे.....
ये "प्यार" था, ये "कशिश" थी, या था बस इक "फ़रेब" कोई.....
"किस्मत" ने भी "दूरियों" के, कर रखे सब ही "इंतज़ाम" थे.......
अब "दूर" होके ही "तुम" से हमको, हो रहा है ये "अहसास".....
#लोहट.....
"मंज़िल" नहीं थे "तुम" भी, "ज़िन्दगी" का बस इक #मुक़ाम थे.....

Niharika Bhadauriya

एक लेखक या कवि का यह कर्तव्य होना चाहिए कि वह अपनी लेखनी से जो भी बात लिखे वह सदैव सार्वभौमिकताओं को सिद्ध करे | एक लेखिका या कवियत्री के तौर पर जब निहारिका भदौरिया जी के शब्दों को पढ़ा जाये तो इस बात का अहसास आप स्वयं से ही कर सकते हैं कि वह अपनी लेखनी से जो भी बात लिखती हैं वह वाकई बहुत ही प्रभावशील और पाठक के मन पर एक अमिट छाप छोड़ देने वाली होती है |

निहारिका जी की रचनाओं को पढ़ने तथा दूसरी तरफ उन्हीं कविताओं को ख़ुद निहारिका जी की आवाज़ में ओपन माइक जैसे डिजिटल प्लेटफॉर्म पर सुनने पर यह भी पता लगता है कि वे उन शब्दों को अपनी आवाज़ में गाकर और भी ख़ूबसूरत बना देती हैं |

वे पढ़ाई लिखाई से स्नातक (फार्मेसी) में अध्ययनरत हैं लेकिन मन से पूरी तरह एक ऐसी लेखिका और साहित्यप्रेमी हैं जो हरदम हरवक्त कुछ नया पढ़ने की जिज्ञासा रखती हैं और उतने ही ख़ूबसूरत शब्दों को गढ़ने की काबिलियत भी | निहारिका जी के लिखे हुए शब्दों में आप एक पाठक के तौर पर अपने आस पास को , कुछ मामूली और कुछ गैरमामूली बातों को एक नई नज़र और चौतरफ़ा द्रष्टिकोण के साथ देख सकते हैं |

Follow her on Instagram: Bhadauriyaniharika5, Parakhsepare

मेरे ख़्वाबों की दुनिया में,
ना इस समाज की बाधा है,
उसमें वो मेरा मोहन है,
और मुझमें दिखती राधा है,
मेरे ख़्वाबों की दुनिया में,
ना इस समाज की बाधा है।

दुनिया वो रंग बिरंगी है,
दिल पुलकित होता ज्यादा है,
जब हाथों में हाथों को ले,
वो करता कोई वादा है,
मेरे ख़्वाबों की दुनिया में,
ना इस समाज की बाधा है,

वो सम्मुख बैठा रहता है,
और सुनता मुझको ज्यादा है,
फिर आलिंगन के संग संग,
मस्तक को चूमा जाता है,
मेरे ख़्वाबों की दुनिया में,
ना इस समाज की बाधा है,

जब भी अधरों से उसके ,
मेरा नाम पुकरा जाता है,
जैसे वीणा सी बजती है,
संगीत मधुर घुलजाता है,
मेरे खवाबों की दुनिया में,
ना इस समाज की बाधा है,

मेरी बातों पर हँसता है,
और ख़तिरछा सा मुस्काता है,

नैनों ही नैनों में वो,
लाखों बातें कर जाता है,
मेरे ख्वाबों की दुनिया में,
ना इस समाज की बाधा है,

हर कदम हमारा संग चले,
हर हिस्सा आधा-आधा है,
उसके बिन ये जीवन लगता,
मुझको तो सादा-सादा है,
मेरे ख्वाबों की दुनिया में,
ना इस समाज की बाधा है।

Neha Aggarwal

She is a Housemaker based in Ambala Cantt,Haryana.

She occasionally pens down her thoughts,poems and sayaries.she is very much like to cooking food.

Her hobbies are playing badminton,and loves writing.

Secret Love

इंतजार.......

वो आज मेरे पास नहीं हैं लेकिन....
आज भी उसके होने का एहसास साथ होता हैं,
आज भी उसका चेहरा मेरी आंखों के सामने रहता है,
आज भी उसकी मद्धम सी आवाज़ मेरे कानों में गूंजती हैं,
आज भी दिल की धड़कनें मेरी, उसके नाम सुनते ही ठहरती हैं,
आज भी उसकी खुशबू मेरी सांसों में महकती हैं,
आज भी मेरी सांसें उसकी सांसों के संग चलने को मचलती हैं,
आज भी मेरी रुह बस उसी का होने को तरसती हैं,
आज भी मेरी आंखें उसके लौटने का इंतजार करती हैं,

वो आज मेरे पास नहीं हैं लेकिन....
उसका इंतजार मुझे आज भी है,
दिल मेरा बेकरार उससे मिलने को आज भी है।
देखा था उसे पहली बार अपने सामने कभी,
वक्त उसपल के लिए थम सा गया था कहीं।
निगाहें मेरी उसकी निगाहों से कुछ युं उलझ सी गई थी,
ना कहकर जैसे क्या कुछ कह गई थी।
सांसों की रफ्तार तेज़ और धीमी हो गई,
पहली ही नजर में उसके साथ जैसे सारे जन्म मैं जी गई।

वो आज मेरे पास नहीं हैं लेकिन....
सोचा था की सुना दुं उसको अपने दिल का हाल,
चाहा था की कर दुं उसको अपने प्यार का इज़हार,
बता दुं उसे की तुम ही हो मेरा प्यार,
जिसके साथ जीने हैं मैंने जन्म हजार,
कह दुं उसे की मुझे तुम अपना बना लो,
छुपा लो सारी दुनियां से की,मुझे हमसफ़र बना लो,

पर यह कहने की कभी मुझमें हिम्मत ना हुई,
बात दिल की आज तक मेरे दिल में ही रही,
मिला अगर कभी वो किसी मोड़ पर,
सुना दुंगी उसे इसबार,
हाल अपना सारा दिल खोल कर।

वो आज मेरे पास नहीं हैं लेकिन....
उसके होने का एहसास मेरे साथ आज भी है......

Srishti Parihar

Srishti parihar.. She was born and brought up in Etawah U.P. She is in her undergrad degree pursuing bba from smgi Etawah ...she also studied in Kota. Now she is preparing for government exams. In extras she likes to listen different kind of music and is also a very good dancer. She also likes to cook various kinds of dishes .in short she is girl who throws positivity around like confetti...
Follow her on Instagram: Shub.hi94

My Guilty Pleasure

I know this word sounds little bit tickling ...but in our lives we all have that one pleasure on which we definitely feel guilty and believe me that's the beauty of it...we try very hard to forget about it but we failed everytime....
It all started a year ago when I met you online ...perhaps it's just our destiny or some superficial power that brought us so close ..despite it we too were completely opposite of each other.
When first time we exchanged our conversations ..I just thought you are really perplexed person your mind was full of stupidities.... Yet I liked them ..still at this moment when I am writing it I don't know what it is that really connected us together....
You know first time I was talking to a stranger yet I was so comfortable... Literally I was feeling happy & safe with you ..
Sometimes in life I felt when we have nothing to talk ..then the best conversations happen and when you expect nothing ..then surely you are surprised with wonderful gift from life ...some will say it's(destiny) for me that gift was surely my first(love)
"(Incomplete yet fulfilling ")
At that moment I was very happy but didn't knew the exact reason for my happiness ...and I think that's the best part of it ...things were in way we want ..but yes we all are aware with the fact that life is double edged sword ..if it gives you a thousand reasons to smile then you are also gifted with some unavoidable pains....I didn't understand at that time ,why life is so dramatic .I mean I can't control the situation. I remember the time when we both were completely messed up with the things...so we changed our ways ...I know it was tough for both of us ..but certainly I would say in everyone's

life there is always a random a person whom we want to stay with forever but we can't ...(it's like one we can't have).. After all this I want to thank that person who really changed me in a good way ..bring out all the positives in me ..changed my perception about life ...you know first time my heart talked to me ..it's like if my heart would sing a song then lyrics must be you ..in search of you I found myself and love of life ...and I think that's the real pleasure with my little tickling guilty one...

Devesh Dinwant Pal

जब हम कवितायेँ या कहानियाँ नहीं लिखते हैं, तब वे हमारे साथ घट रहीं होती हैं , विवेक शुक्ला 'विद्रोही' की यह पंक्तियाँ देवेश दिनवंत पाल के लेखन के लिए एकदम सटीक स्थान पर दिखाई देती हैं | एक लेख़क या कवि के तौर पर उनका झुकाव नए साहित्य और पुराने साहित्य से मिलता जुलता सा कुछ लिखने की ओर ज्यादा ही है, और यह बात उनके लेखन में साफ़ साफ़ देखी जा सकती है | उनका पूरा नाम देवेश सिंह पाल है लेकिन कलम के प्रेमी होने के कारण अपने नाम में थोड़ी सी तब्दीली करके वह अपने सभी शब्दों को पाठकों के सामने देवेश दिनवंत पाल नाम से ही रखते हैं | वह मौजूदा समय में कंप्यूटर विज्ञान से स्नातक की शिक्षा प्राप्त कर रहे हैं और साथ ही साथ अपनी डायरी और कलम को भी पूरा वक्त देते हैं जिसमें वह अपने नए लेखों और कविताओं को संजोकर रखते हैं | साहित्य में कुछ भी नया लिखने की बात पर वह इस बात को बड़ी ही चौचकता के साथ कहते हैं कि "जब तक हम दस किताबों या दस नए लेखकों को नहीं पढ़ लेते हैं, तब तक हमें दस पंक्तियाँ लिखने का कोई भी हक़ नहीं हैं | " मूल रूप से वह अच्छा लिखने से पहले अच्छा पढ़ने की ओर इशारा पहले करते हैं | शायद उनके इसी अंदाज़ के कारण पाठक उनके शब्दों को इतना प्यार और स्नेह देते हैं |

Follow him on Instagram: @Kavyanama_official

आखिर कब तक मैं.....

कब तक मैं अपने उन ख्यालों को अपने सीने में दफन करता रहूँगा जिनको मैंने कभी ये सोचकर बुना था कि एक ना एक दिन तुम उन्हें सुनने के लिए मुझसे जरूर कहोगी |

मैं उन सभी शब्दों को मन में ही गुनगुनाकर कब तक अपने आप को याद दिलाता रहूँगा जिनको मैंने सिर्फ ओ सिर्फ तुम्हारे लिए लिखा था |

कब तक मैं रात में अचानक से आँख खुलने पर तुम्हें याद करता रहूँगा और फिर आधी रात को जागने के बाद तुम्हारी उन सभी तस्वीरों को देखता रहूँगा जिनको मैंने गैर – इश्क़िया ढंग से इकट्ठा किया था |

कब तक मैं अपने इस दिल को दिलासे की थपकी देकर मनाता रहूँगा जो आज भी तुम्हारे नाम को सुनकर अपने पूरे त्वरण के साथ चलने लगता है,

ऐसा नहीं है कि कोशिश नहीं की मैंने , हां लेकिन आज भी ये महसूस होता है कि कोई ना कोई कमी जरूर रखी थी, तभी तो आज तुम यहाँ हो मेरी उन सभी प्रकाशित व अप्रकाशित रचनाओं में , मेरे उन अर्धनिर्मित मुक्तकों और गीतों में, मेरे उन अधूरे लेखों में, मेज पर बिखरे हुए पन्नों में, मेरी मेज की दराज में रखी हुई इलायची की खुशबू में, किताबों के बीच छुपाई गयी उस डायरी में जिसपर किसी की नज़र नहीं जाती , और तुम्हारी तुलना में लिखे गए शब्दों का तुम्हारी स्मृति से मिलान करने पर जो भी कमियां पाई जाती हैं उन सभी कमियों में, तो आखिर कब तक मैं उन सभी कमियों को सुधारने की नाकाम कोशिशें करता रहूँगा |

इतना सब लिखने के बाद इस वक्त मैं कलम को कागज़ पर रखकर, तुम्हें याद कर रहा हूं और यह बात सोच रहा हूं कि आखिर कब तक मैं "आखिर कब तक "लिखता रहूँगा......... |

आखिर कब तक ??

Anshuman Sharma

अंशुमान शर्मा का जन्म गंगा के शहर हरिद्वार उत्तराखंड में हुआ।यह पे प्रकर्ति के सुंदर नजारों के साथ बड़े होते हुए आपको कला के प्रति रुचिवान प्रभु ने बचपन से बना दिया शिक्षा में आपने बीएससी ओर 3d animation का डिप्लोमा लिया हैं। और आप आर्ट शायरी कविताये आदि शौकिया लिखते हैं।

जिंदगी तू हैं।

क्या बताऊँ के तू मेरी जिंदगी में किस कदर शामिल हैं, के जिंदगी तू हैं

तू ही मेरी सांसे हैं तू ही तो मेरी धड़कन हैं

ओर मेरे हर अच्छे कर्म का तू हासिल हैं

के तू सफर हैं मेरा,रास्ता तू हैं ,ए मेरे हमसफ़र

मेरी तो तू हर मंजिल हैं

मेरी हर खुशी की वजह है तू,मुझमे इस तरह रमा तू हैं, के अक्स भी तू ओर में भी तू,तू मुझमे कुछ इस तरह शामिल हैं,

मेरी बेपनाह मुहब्बत है तू, हर दर्द में मुस्कुराने की गुंजाइश हैं, मेरी हर खुशी तू हैं

के हर जन्म में तेरे साथ रहु मैं,मेरी ऐसी ख्वाइश हैं

मेरा सुकून हो के भी,तू मेरे चैन का कातिल है

हु समंदर की लहर सा में, ओर तू मेरा साहिल हैं

तू होके भी मेरा मुझसे भी ज्यादा, मुझको न हासिल है

ओर जी रहा हु छुपा के तेरा प्यार सीने में मैं, ये मेरे प्यार की आजमाइश हैं

तू मेरे दिल का वो एहसास हैं, जो जुबान से बयान कर पाना मुश्किल हैं

क्या बताऊँ के तू मेरी जिंदगी में किस कदर शामिल हैं। के जिंदगी तू हैं।

Vivek Kumar Srivastava

विवेक कुमार श्रीवास्तव का जन्म हरिद्वार स्थित ज्वालापुर के श्री नाथ नगर इलाके मे हुआ हैं।

उन्होंने अपनी ग्रेजुएशन बैचलर ऑफ़ साइंस, चिन्मय डिग्री कॉलेज (हरिद्वार) से करी हैं।

वे अपना खाली समय जानवरों की सेवा करने मे और कविताएं लिखने मे बिताना पसंद करते हैं। उन्हें वॉलीबॉल खेल अत्यंत ही प्रिय लगता है। लिखने के अलावा वे संगीत मे विशेष रूचि रखते हैं।

Follow him on Instagram: prince_vivu_143

आज कुछ लिखने का मन हुआ पर क्या लिखूं कुछ समझ नहीं आ रहा था

कुछ धुंधलापन सा छाया था दिमाग़ में, जब वो साफ हुआ तो मुझे तुम दिखे।

तुम मेरे मन को एक अशांति की तरह घेरे हुए थे,
शायद मुझे वो पल याद आ रहे थे
जिसमे कभी तुम मेरे हुए थे। मैने सोचा क्यों इतने दिन तक यूं खामोश था मै,
क्यों अंधेरे में गुमशुदा हो,तुझे फिर से पाने को बेताब था मै।
मेरा जवाब मुझे ना तुम दे पाओगे ना अब मेरा खुदा देगा,
सोचता हूं वो क्या है जो जो तुझे फिर से मेरा बना देगा।
आज भूल कर सारी दुनिया मै बीते वक्त में चला जाता हूं,
कभी मौका मिले तो मिलना मुझसे,
मै बताऊंगा मै अब भी तुम्हें कितना चाहता हूं।
कितना हसीन था वो दिन, जब मैने तुझे पहली बार देखा था।
हम इतने करीब हो जाएंगे मैने ये कभी नहीं सोचा था।
कल तक जो सिर्फ मेरा था आज वो हमारा होने लगा था,
तेरा मुस्कुराता चेहरा तो मुझे मेरी जान से प्यारा होने लगा था।
तेरा मेरे पास ना होने का सपना भी मुझे डराने लगा था,
ये मेरा पहला प्यार ही तो था, जो मै इस कदर पगलाने लगा था।
तेरा अब मेरे साथ खिलखिना मुझे बेहद पसंद आने लगा था।
यही शायद वो पहले प्यार का एहसास था,
अरे तुझपे तो मुझे खुद से ज्यादा विश्वास था।
अब तेरी खुशियों के लिऐ मै जीने लगा था,
शराब पसंद थी मुझे कि शराब पसंद थी मुझे,
पर अब तेरे हर ग़म मै पीने लगा था।
जिंदगी का सरा सूनापन तेरे आने से भरने लगा था,
रात को मां की गोद में सर रख के सोने वाला लड़का अब तुझसे बात करने के लिए देर रातो तक जगने लगा था ।

फिर अचानक से क्यों सब कुछ बदल गया, मेरे साथ उम्र भर रहने का तेरा सपना,

क्यूं मोम की तरह पिघल गया।

उस चाहत में किसने ये आग लगाई थी

वो तो तेरा बेस्ट फ्रेंड था, तूने तो मुझे कुछ ऐसी ही बात बताई थी।

अब मेरा वक्त तू उसे देने लगी थी,

मेरा लेट सीन कर तू रातों उसके लिए जगने लगी थी।

मेरे दिमाग में आया भी था कि तेरा बुरा चाहूं तो शायद दिल को तसल्ली मिले,

पर दिमाग के इस फितुर को दूर कर दिया मेरे दिल ने,

जिसे हमेशा से बस तेरी ही खुशियों की पड़ी थी।

चलो खुश हो ना तुम अब हमारी खबर भी मत लेना,

पर किसी और को हमारी तरह दर्द भी मत देना।

अब कभी देख भी लें तुमको तो नजरें झुका लेंगे हम

चाहे कितनी भी दूर जाओ मुझसे, तुम्हें हमेशा दुआ ही देंगे हम दुआ ही देंगे हम!

Ayush Mondal

वह बीआरएसएनसी कोलाज, बैरकपुर से बी.कॉम ऑनर्स में अध्ययन कर रहा है। वह कोलकाता, पश्चिम बंगाल (उत्तर 24 पीजी) में रहते हैं। उन्होंने लेखन की यात्रा के माध्यम से अधिक अनुभव प्राप्त किया। उन्होंने कई कविताएं और उद्धरण और लघु कहानियां लिखी हैं और वह अभी भी लिख रहे हैं। उसे हर चीज लिखने का शौक है। वह हमेशा कहते हैं, "उम्र सिर्फ एक संख्या है, यह कभी भी आपको जज नहीं कर सकता कि आप क्या लिख सकते हैं।"

हाल ही में, वह विभिन्न एंथोलॉजी में काम करता है और वह इसका हिस्सा बनने के लिए बहुत आभारी है। वह अपने विचारों को कलमबद्ध करता है और अपनी अलग-अलग कविताओं में दुनिया के बारे में अपनी राय व्यक्त करता है और वह कविताओं के रूप में राष्ट्र के लिए अपनी देशभक्ति दिखाता है, जो वास्तव में विशिष्ट अर्थों में अपने शब्दों से भरे हमारे राष्ट्र के लिए व्यक्त किए जाते हैं।

इंस्टाग्राम - ayush.mondal.90857

फेसबुक - आयुष मोंडल फेसबुक पेज - अनमोल सीखें

हमारा प्यार

हमारा प्यार सच्चा है
सोने सा पवित्र है
चाँदी से भी चमकीली है
सूरज सी लाली है जिसमें
चाँद की चाँदनी से भी चमकीली है
भोर की उजियाली है जिसमें
साँझ की छाया से भी शांत है
न किसी से छुपा है
ये तो सरेआम है
बेखौफ़ बेपरवाह
मतलबी समाज से जुदा
न ही कोई छल है
न ही कोई कपट है
पत्थर है पारस का
मंदिर है ईश्वर का
शीतल है चंदन समान
पारदर्शी है शीशे समान
नदियों - सी प्रबल है
समीर - सी अनंत है
हिमालय से भी ऊँची
बादलों से भी घनघोर है
सिर्फ तेरे लिए लाखों भारतवासी
जान हथेली पर रख सकते हैं
काया भले ही शिथिल पड़ जाए
अंगारों से जो बरसते है
शायद सौ जनम भी कम पड़े ख़ातिर जिसके
हर जनम शहीद होने को तरसते है
क्योंकि भारत माँ तो एक ही है
जो सबके दिलों में बसती है.....

Jalpa Solanki

जलपा सोलंकी का जन्म गुजरात के जामनगर जिले के कालावड तालुके में हुआ है उन्होंने अपने ग्रेजुएशन डीके कपूरिया आर्ट्स कॉलेज से कंप्लीट की है उन्हें लेखन का बहुत शौक है इसी लिए वह अपने थॉट्स अपने विचार सोशल मीडिया के माध्यम से लोगों के साथ शेयर करती रहती है ।

हाल ही में उन्होंने अपना यूट्यूब चैनल writer Jalpa Solanki शुरू किया है जिसमें वह अपने राइटिंग से रिलेटेड वीडियोस को अपलोड करती है इसके साथ ही वह Instagram -writer jalpa, writco-jalpasolanki, sher chet- @jalpa5488, Facebook-jalpasolanki पर भी अपने लेखन को प्रकाशित करती है ।

लेखन के साथ ही उन्हें गाने सुनना और नई नईचीजें सीखने का भी शौक है ।

Follow her on Instagram: Writer jalpa

तू बहुत ख़ास है मेरे लिए ।
मेरे दिल के बहुत पास है मेरे लिए ।

तेरे संग होने का एहसास हर पल है इस दिल को ।
तेरी मौजूदगी का एहसास हर पल है इस दिल को ।

तेरी हर बात मेरे लिए ख़ास है ।
तेरे गुस्से के पीछे छुपी मेरी परवाह और
मेरे लिए जो प्यार है उस प्यार का ये इकरार भी कुछ ख़ास है ।

न जाने क्यू हर पल तुझे खोने से डरता है ये दिल ।
तेरे संग खुद को बड़ा महेफूज महेसूस करता है ये दिल ।

नहीं सोचा कि कल वक्त का क्या पैगाम होगा ।
हमारी इस खूबसूरत प्रेम कहानी का क्या अंजाम होगा ।

अगर बिछड़ भी गए कल राह में चलते चलते ।
तो रब से ना कोई फरियाद होगी ।
बन कर रहूं सदा तेरे चेहरे पर एक मुस्कान ।
बस यही उस खुदा से अरदास होगी ।

ना जाने आज ये जिंदगी मेरे सामने किस रूप में है आई ।
दुआएं बनकर मेरी मेरे सामने तुझे है लाई ।

की किस्मत वालों को ही मिलती है पनाह किसी के दिल में ।
हर कोई इस खूबसूरत जन्नत का हकदार नहीं होता ।
नवाजा है उस खुदा ने हमें इस खूबसूरत मुहोब्बत की दौलत से
ये भी किसी दुआओं से क्या कम होगा ।

मिलना और बिछड़ना तो किस्मत की बात होती है ।

बिछड़ कर भी एक दूसरे के दिल में प्यार बनकर रहना
ये भी तो एक किस्मत की ही बात होती है ।

मेरी हर दुआओं में उस खुदा से
बस तेरी खुशियों की ही बात होती है ।
बनी रहे तेरे चेहरे पर यूं ही मुस्कान सदा
मेरे दिल की बस यही आस होती है ।

Pooja Arora

पूजा अरोरा जी, जो कि हरिद्वार से ताल्लुक रखती है,पेशे से शिक्षिका हैं, साहित्य जगत में भी अपना सहयोग देती हैं, लेखन इनका शौक हैं ,व लेखन विधा में ये गीत,ग़ज़ल,मुक्तक लिखती हैं, दूरदर्शन व आकाशवाणी पर भी पढ़ती हैं।।सामाजिक कार्यों में सदैव सहयोग करती हैं व एक कुशल नृत्यांगना भी है।।

मन के भाव, मेरी
मेरी लेखनी से, (मै ज़िन्दगी हूँ)

मैं ज़िंदगी हूँ तुम जी लो मुझे,
ना जाने फिर मिलूं के नही,
ज़ख्म दूंगी तो बेहिसाब दूंगी,
खुशियों का लेकिन हिसाब लूँगी,
दुःख की राते लंबी कर दूंगी,
सुकून के दिनों का जवाब लूँगी,
मैं ज़िंदगी हूँ तुम जी लो मुझे,
ना जाने फिर मिलूं के नही,
बेहिसाब बहाओगे आंसू तो मुक्कदर कहलाएंगे,
लबों पे आयी हँसी, तो हिसाब लूँगी,
ये महफिले ये रौनके सब नियामत हैं मेरी,
तुझसे तेरे गम ना मैं उधार लूँगी,
मैं ज़िंदगी हूँ तुम जी लो मुझे,
ना जाने फिर मिलूं के नही,
साथ हूँ जब तक,जी लो मुझे(ज़िंदगी),
मौत के बाद एक सांस भी ना उधार दूंगी,
शमशान तक जाएगा तेरा आखरी सफ़र,
मैं राह में तेरा साथ त्याग दूंगी,
मैं ज़िन्दगी हूँ तुम जी लो मुझे,
ना जाने फिर मिलूं के नही।।

Himani Bisht

हिमानी बिष्ट "the stage of art" की संस्थापक है यह एक ऐसा मंच है जो साहित्यकारों, कलाकारो को मंच प्रदान करता है व उनका हुनर दुनिया के सामने लाता है।

मात्र 15 साल की उम्र से ही हिमानी को लेखन का शौक है और आज वह अपनी क़लम के जादू, बेबाक आवाज से कई छोटे-बड़े मंचो के साथ-साथ दूरदर्शन टीवी पर भी अपना काव्यपाठ कर चुकी है।

व उनकी एक पुस्तक "आवाज़ क़लम जज़्बात" के नाम से प्रकाशित भी हो चुकी है तथा इनकी कई रचनाये बहुत बार अखबारों, पुस्तको में पढ़ने को मिलती है।

इनके कार्यो को देखते हुए 24 जनवरी 2020 को भारत सरकार, उत्तराखण्ड राज्य महिला आयोग द्वारा ऋषिकेश में इन्हें सम्मानित भी किया गया।

वर्तमान में वह "The Stage Of Art" का संचालन करने के साथ-साथ, एक न्यूज़ चैनल में न्यूज़ एंकर के पद पर कार्यरत है तथा अखिल भारतीय साहित्य परिषद उत्तराखंड, हरिद्वार की महासचिव भी है।

Follow her on Instagram: _himmu_bisht

*तुम जिन्दगी की अहम फरियादों में रहोगे
मेरे साथ नही तो क्या, मेरी यादों में रहोगे।

थक जाऊंगी जब तन्हाइयों से बाते करते-२
गज़ल बनकर हमेशा मेरी किताबो में रहोगे।

तुम्हे जिंदगी की हकीकत बनाना चाहती थी
पर अब एक ख्याल बनकर ख्वाबो में रहोगे।

सवाल करेंगे जब मुझसे तुम्हारे बारे में लोग
जो समझ न सके कोई उन जवाबो में रहोगे।

तुम्हारे जाने से जिंदगी कभी मुरझाएगी नही
महक बनकर मेरे आँगन के गुलाबो में रहोगे।

जमाने ने देखा है कि मैने तुम्हे कितना चाहा
जो पूरा न हुआ कभी, उन हिसाबों में रहोगे।

*कभी सच्चे दिल से किसी को चाहकर देख
किरदार में मेरे खुद को कभी उतारकर देख।

मालूम हो जायेगा दर्द-ए-मोहब्बत मेरे दोस्त
गैर के साथ मोहब्बत को अपनी पाकर देख।

तुझे खुद से ही इस कदर नफरत होने लगेगी
अपनेजैसे शख़्स से कभी दिल लगाकर देख।

रातों को फिर तू भी करवटे बदलता ही रहेगा
एक तरफा मोहब्बत, कभी तू निभाकर देख।

एक दिन गिरते-गिरते तू फिर संभलने लगेगा
किसी अपने से भी ठोकर कभी खाकर देख।

कितना चीख़ता है ये दिल अंदर ही अंदर मेरा
अपने गमो को छुपाकर कभी मुस्कुराकर देख।

Abhishek Singhal

Abhishek Singhal, born and brought up in Muradnagar, Ghaziabad (U. P)

He is an aspiring Chartered Accountant. He is indulged in his family business of handlooms.

Besides being a business person, and an accountant, he is passionate for his writing skills. For him, his family and friends occupy first place.

He believes that poetry is the best medium to express one's deep feelings.

Follow him on Instagram: @maa_da.laadla

खामोश सी मोहब्बत

आँखों में बसें हैं वो ऐसे,
जैसे चाँद में उसकी चांदनी बसती हैं।
राहें तकती हैं उनके इंतज़ार मे,
आँखे जैसे किसी भटके मुसाफिर के दिल मे,
मंज़िल मिलने की उम्मीद सी बसती हैं।

वो जानते ही नहीं चाहत मेरी उनके लिए कितनी पाख हैं,
ना जाने कितने बरसों से छुपा कर रखा आँखों मे जिसे,
वही वो मेरा एक ख़्वाब हैं।

आँखों मे उनकी खुद की एक तस्वीर सी तलाश मैं करता हूँ,
कभी तो सर उठा कर उनकी नज़रों मे खुद को देख पाऊंगा,
बस यही एक फ़रियाद मैं करता हूँ।

कभी हुआ करते थे ऐसे दौर भी, जब उनकी नज़रों मे,
खुद के लिए फ़िक्रे मैं देख पाता था,
अक्सर कहते सुना था लोगों को कि दौर यूँ ही बीत जाया करते हैं,
ना जाने क्यों मैं यह बात समझ ही नहीं पाता था।

इंतज़ार मे उनके आँखे भी,
जो जम सी गयी थी,
साँसे भी ना चली,
वो भी ज़रा थम सी गयी थी।

कही सुना था कि,
हर रात की एक सुबह जरूर होती हैं,
हर अँधेरे की एक रौशनी जरूर होती हैं,
इंतज़ार मे हैं आज भी यह आँखे उनके,

क्युकी, आज भी दिल के अंधेरों की सुबह,
उन ही के एहसास से होती हैं।

Sandeep Sain

Follow him on Instagram: Sain._saab

"सच्चे प्रेम का इज़हार"

1. शौंक नहीं था बिल्कुल भी चलने का
फिर भी तेरे घर तक पैदल आया था,
तेरी लिए मेरा इश्क़ मुझे खींच लाता था
यूं तुने तो कभी ना बुलाया था
तुझे मैं भा जाऊं ये सोच के ना तू मुझे भाया था
और वैसे बहुत शर्मिला हूं मैं
पर गाना भरी महफ़िल में तेरे लिए गाया था
रोका बहुत मेरे दोस्तों ने
पर तेरे आगे किसी को समझ ना पाया था
बढ़ता गया इश्क़ दिन ब दिन तेरे लिए
इसे रोक जरा ना पाया था
मेरी महोब्त सच्ची है हमेशा तेरे लिए
ये तुझे समझ ना आया था
और ये इश्क़ है मेरी जां
तुझे पाने खोने का ख्याल ही कहां मुझे आया था
तू ने कभी देखा ही नहीं मुझे गौर से
वरना मैंने तो तुमको बहुत चाहा था

2. मुझे ना गुलदस्तों का हार देना
कुछ दे सको तो बस उम्र भर का प्यार देना

मुझे ना भरी महफ़िल में कोई उपहार देना
बस दे सको तो सबके सामने महोब्बत का इज़हार देना

मुझे ना अपने यारों सा यार देना
मुझे बस अपने इश्क़ की बहार देना

मुझे ना कभी आज कल वाले इश्क़ सा व्यापार देना
मुझे बस उम्र भर का प्यार देना

और ना दे पाओ सनम इश्क़ जो हमें खुदा की कसम फिर जीना
नहीं मुझे मार देना

Kavya Malik

Kavya malik is an 18 yrs old girl.
Student of Literature and she is from Dehradun U.K.
She loves writing poetries and shayaris.
She's a member of the literary Club of her university. She's been working as a compiler and a publisher with many publications and has gained many certificates for her writings.
Follow her on Instagram: Kavya._.malik

My heart just weeps now...
Want it to stop, but i dont know how?
They say it's easy to forget and move on...
But my love is not a cloth that i can throw when torn...
I still adore the time we spend...
Even when I know we have crossed "THE END"...
 He said he is breaking up...
I'm also tired of continuously blaming my luck...
I used to tell him that I want to live a hundred years...
And now I want to live, not in person but in the memories for a thousand years!!!
Loving and falling for you again and again was not in my hands...
Keeping you in my broken heart here I stand...
I wanted us to be there for years...
Can't help but now, counting them in tears!!!
At first I could not name that feeling...
You were there and I was healing...
And now, I am back to square one...
The happiness I am left with is none!!!
I know, I can't unlove you and have to learn to live without you...
But it feels that for you, I was just a pen you used and threw!!!

Hridyesh Kumar Joshi

H.K.Joshi, add.Dhanipur Mandi G.T.Raod Aligarh
202001U.P. Adduction -M.A. Hindi, Pvt. Detective, I. G.
D. Bombay,

मैंने अमृत का प्याला बन देख लिया

मैंने अमृत का प्याला बन देख लिया,
बुझ न सकी बो होठों की प्यास तेरी
यह भी मैंने सब देख लिया.....।
मैंने अमृत का प्याला बन.......।।
देखा तुझ को सृष्टि के हर कण कण में
देखा तुझ को वृष्टि के हर प्रलय क्षण में
तू छवि अद्भुत वन अनमोल हर पल में
मेरे मन बसी विखरी,निखरीनिखरी सी
मैंने अमृत का प्याला बन देख लिया.......।।
दूर जहाँ पर हुआ दूर क्षितिज मनमीत मिलन
कल्पित रज्जुमार्ग में दिखतीं
तुम तम में हो तारावलियाँ सी
मैंने अमृत का प्याला बन देख लिया................।
प्राणों की रिलमिल झिलमिल सी
बन श्वाशों में वहती नित तरंगा सी
अनगिनत रश्मियों पर बैठ उतरती हो
एक दिव्यता की प्रखर प्रतिमा बन तुम
जगत सुष्मिता देख तुम्हें क्षण भँगुर हो
भूल चुका हम कुछ हैं एक अंश तेरे ही
क्या वोध उसे क्यों कर अब करबाएँ
अक्श निरखती भव्य चाँदनी रातों में
हो चकित शंकित सी सुरवालाएँ
तुम्हें देख धरा गगन के मध्य लखें
मैंने अमृत का प्याला बन देख लिया...................।
मेघों से करती युद्ध रहीं सदां
सौरभ मई बन सुरभि मालाएं
उड़ता दुक्कुल झीना झीना मानों तेरा
बन महा प्रलय बन झंझावात विकल

आँखों में लाई हो नूतनता स्वप्नों की
नित नई नई सप्तरंगी कामनाओं की
मैंने अमृत का प्याला बन देख लिया...................।
यह अनन्त विश्व हो तृषित मधु पान करे
फिर मैं क्यों कैसे अब धैर्य धारण करूँ
फिर ना क्यों अँखियों का मैं सम्मान करूँ
सप्त रँगी झूलों में झूलूँ और मधुपानकरूँ।
मैनें अमृत का प्याला बन देख लिया.....................।

Ashish Gautam

आशीष, राजस्थान के हनुमानगढ़ में पले बढ़े एक स्वतन्त्र लेखक हैं जो कम उम्र से ही लिखने पढ़ने के शौकीन रहे हैं। इन्होंने अपनी स्नातक शिक्षा के दौर से ही राजस्थान के दैनिक समाचार पत्र तेज केसरी एवं भटनेर पोस्ट मासिक पत्रिका में, लेखन जारी रखा है। इनके लेखन में कविताएँ, लेख, यात्रा वृतांत आदि शामिल हैं। विज्ञान के विद्यार्थी होने के कारण भी इनके लेख शोध परख होते हैं। बाग़ी एक जागरूक एक्टिविस्ट भी हैं जो, ज़मीनी लेखन के लिये जरूरी हैं।

Follow him on Instagram: slow_lighting

लघु कथा –

मैं एक लड़के को जानता हूँ, जिसे लिखना बहुत पसन्द था। उसके लेखन में ऊँचाई जिनमें पहाड़, बादल, चाँद, सूरज, अंतरिक्ष जैसी बातें आम होती थी, लेकिन उसे ऊँचाई पर जाने से डर लगता था। उसने एक वेलेंटाइन डे पर अपनी दोस्त को एक कहानी सुनानी चाही, हमेशा की तरह, नई ऊँचाइयों की। उसे यह उम्मीद थी की वो कहानी सुनेगी और समझेगी, लेकिन उसकी दोस्त ने कहा, "तुम्हारे पास सिर्फ बातें हैं, तुम रहने ही दो बस "। ये बात लड़के के दिल को चुभ गई। उसने कांपते पैरों से अपने डर को किनारे रख, ऊँचाई पर जाना तय किया। जब वह रास्ते में पसीने से लथपथ था, उसने नीचे की तरफ़ देखा, उसे चक्कर आने लगे.. और तभी....!! उसके हाथ से अचानक कलम छूट कर, नीचे गिरी और टूट कर दो टुकड़े हो गई। बस तभी सहसा ही.... उसने सफ़र खत्म करने का फैसला किया, क्योंकि वह दूर बैठकर सिर्फ़ ऊँचाई पर लिखना चाहता था, वहाँ जाना नहीं। काश! कोई समझ पाता उसे......, टूटी कलम के छींटे आज भी उस जमीं पर हैं......| और फ़िर वह कुछ ना लिख पाया। काश.... की कभी लिखे, और हम फिर उसे पढ़ पायें।

फिर तुम सामने

सुनो प्रिय...
फिर तुम सामने
थी हर रोज की
तरह सपने में,
आज जरा अलग
रूप था तुम्हारा,
तुम ले आई थी
कहीं से साबुन के
झाग वाली छोटी
सी, एक डिब्बीया
और एक पतली सी
तार से बना रही थी
बहुत से बुलबुले,
अपनी गर्म साँसों से,
हजारों की संख्या में
सपनों से बुलबुले,
उनमे कई रंग दिख रहे
थे, और कुछ के पार
तुम भी साफ साफ,
मैं वहीं बुलबुलों की
बारिश में खड़ा था,
तुम्हें देखता हुआ,
तभी अचानक एक गर्म
साँस से भरा बुलबुला
मेरे होंठ से टकराया,
और नींद टूट गई,
सपना जारी रहा....

Osheen Khan

Osheen is a Computer Programmer by profession . She belongs to Sagar (Madhya Pradesh). She wants to build her own brand "MSOK" stands for 'Miss Osheen Khan'.

She has Authored a poetry book named "TUJHSE NAARAAZ NAHI ZINDAGI -SPREAD LOVE" and Co-Authored of Many Anthologies. She has a passion to write from childhood, so she writes her Feelings in a poem.

Follow her on Instagram: Lyricalmsok

Intezaar Hai

Intezaar hai kisi ki jhalak ka,
Khabar nahi jise, koi bekaraar hai kisi ki jhalak ka,
Ya khuda is baichaini me, thoda to sukoon ata kar,
Itni to ilteja hai, koi talabgaar to nahi main falak ka,
Deedar Ata kar de, ya bekhyaali kr de uski,
Koi to marham hogi, mere is marz ki,
Adhar me atka sa hoon, kuch yooun mehsoos hota hai,
Wo hai ya nahi hai mera, ye shaq sada rehta hai,
Naam Uska, aahat uski, aawaz uski, shakl uski, paaker
mutmayeen si hoti hoon,
Kisi aur ki zubaan me zikr sun uska, main gulaabi shaam si
hoti hoon,
Intezaar hai usse kuch kehne ka,
Jab kuch se mann ba bhare to baatein jee bharker karne ka,
Wo humnawa ban jaaye, humsafar bhi wahi ho mera,
Dua hai mila de mujhe, wo intezaar hai mera
sach wo pyaar hai mera!

Hamara Nazre Milana, kahi pyaar zaahir na kr de,
isi wajah se kai dafa nazre chura liya krte hai

Yaad krte hai ek dooje ko
Izhaar nahi krte, ye baat alag hai

Vipin Yadav

विपिन कुमार का जन्म उत्तर प्रदेश के रामपुर जिले मे सन 1992 में हुआ हैं।

अपकी प्राथमिक शिक्षा प्राथमिक पाठशाला से हुई हैं।

उच्चतर शिक्षा अपने रज़ा इंटर कॉलेज से वाणिज्य क्षेत्र मे प्राप्त की हैं।

अपने महात्मा ज्योतीबा फुले रोहिलखण्ड यूनिवर्सिटी, बरैली से ग्रेजुएशन मे बैचलर ऑफ़ कॉमर्स एवं पोस्ट ग्रेजुएशन मे मास्टर्स ऑफ़ कॉमर्स से शिक्षा प्राप्त की हैं।

आप पढ़ाई के साथ साथ लेखन मे भी विशेष रूचि रखते हैं।

बात जरा - सी होती है

शुरुआत उन्ही से होती हैं
रात उन्ही पर होती हैं
फिर भी उनको लगता है
बात जरा - सी होती है ।
थक कर जब हम जाते हैं बातो में
मानो फिर रात वहीं पर होती है
भोर वही पर होती हैं
नींद जहाँ पर खोती है
रातों की बातो में
बात वही पर होती है ।
फिर भी उनको लगता हैं
बात जरा - सी होती हैं।

मेरे शहर में आये हैं
कूछ महमान बड़ी शान से
हैं बहुत मशहूर मगर
रह कर गये गुमनाम से।
ये उम्र ये लम्हे ठहर जायें यहीं
न तुम जाओ कहीं न हम जायें कहीं।
हम केसे समझाते अपनी बातों को
वो समझते थे हमारी हर सांसो को ।
यूँ हीं गवाँ बैठे सारी जिंदगी
कमवख्त वक्त ने कीमत भी अदा न की।
ये सारी दुनिया अब एक खुआव लगती है
जमाने भर की दौलत अब खाक लगती हैं
पहले वो साथ रहते थे सुकून था
अब उनकी तन्हाई साथ लगती है ।
ये शौहरत हम ही से है
ये सियासत हम ही से है

फिर भी न जाने क्यों
सभी को बेरुखी हम ही से है ।
ख्वाईशे थी महलों को बनाने की
अब इन्ही महलों में दम घुटता है परिंदो का ।
आसान नहीं है खुद को संजोकर रखना,
ये मोहब्बत है जो सम्भाल कर रखती है ।

Pallavi Yadav

पल्लवी यादव

इन्होंने दयालबाग यूनिवर्सिटी आगरा से बी.ए (ऑनर्स) और एम.जे.पी यूनिवर्सिटी बरेली से एम.ए की पढ़ाई की ।कॉलेज के पहले दिन को कुछ पन्नों में उतार कर और फिर कई वर्षों तक डायरी लिखने की आदत के साथ अपने लेखन की शुरुआत की ।आज यह ब्लॉगिंग के जरिए अपने आर्टिकल्स, कहानियां, कविताएं, कोटेशसं और शायरियां सभी तक पहुंचाती हैं।

'अधूरा प्रश्न ' कहानी के रूप में प्रकाशित इनका पहला प्रयास है।

Follow her on **avdharnaa.blogspot.com**

अधूरा प्रश्न......

पहली नजर में वह दोस्ताना किस्म का लगा पर उसका साथ कुछ अटपटा सा लग रहा था, मैं नहीं जानती वह ख्याल सच था या नहीं।इसी बीच मेरे मोबाइल की घंटी बजी ,भाई का फोन था सीधे अस्पताल पहुंचने को कहा,पर पूरी बात नहीं बताई "मां की तबीयत खराब है" बस यह बोला ,मैं आनन-फानन में ऑटो कर अस्पताल पहुंची,अचानक ही मेरी नजर विकास पर पड़ी जो बाहर ही मेडिकल स्टोर पर खड़ा था।विकास वही जिसका जिक्र मैंने कहानी के आरंभ में किया था।मेरे कॉलेज का न्यू ऐडमिशन।मुझे देखा मेरे पास आया और इससे पहले कि वह कुछ कहता,"मैं जल्दी में हूं" कहकर अंदर चली गई ।तेज तेज घबराहट भरी चाल खुद की सुध-बुध ही नहीं बस बढी जा रही थी ऑपरेशन थियेटर की तरफ। बाहर पापा जिनकी आंखों से आंसू बिना रुके बहे जा रहे थे ,आंसू पोछते हुए कुछ बोलते...भाई मुझसे लिपट कर रोने लगा मैं भी खुद को रोक ना पाई और रोते-रोते पूछा क्या हुआ था मां को।पापा ने रुंधे हुए स्वर में बताया हृदयाघात। इतने में कमरे का दरवाजा खुला और हम कुछ पूछ पाते डॉक्टर ने दरवाजा बंद करते हुए कहा कि स्थिति काफी गंभीर थी पर अगर समय रहते इन्हें यहां नहीं लाया गया होता तो,खैर!!अब चिंता की कोई बात नहीं है,आप अंदर जा सकते हैं पर खुद पर नियंत्रण रखें ।सभी अंदर गए पर मैं मां को देखते ही बाहर आ गई और कोने में जा रोने लगी पर कुछ ही पलों में मैंने खुद को शांत किया,मुंह को पानी से भिगोया और एक ओर घिसट रहे दुपट्टे को ठीक किया। मेरे अंदर जाने के कुछ देर बाद ही विकास का दवाईयों की थैली के साथ प्रवेश हुआ।मैंने विकास को प्रश्न सूचक निगाहों से देखा कुछ समझ पाती कि पापा ने बताया,इन्होने ही तेरी मां को अस्पताल तक पहुंचाया।पापा ने विकास से मेरा परिचय कराया,ना जाने क्यों विकास ने और मैंने यह ना बताया कि हम एक ही कालेज के नहीं बल्कि एक ही संकाय से हैं।थोड़ी ही देर बाद

विकास जाने लगा पापा ने उसका आभार ही व्यक्त नहीं किया वरन कभी घर आने का न्योता तक दे डाला।

कुछ दिनों बाद मां अस्पताल से घर वापस आ गई । तभी एक दिन विकास और मेरी कालेज में मुलाकात हुई मैंने विकास को थैंक्स कहा और जब तक कि मेरे शब्द वाक्य बन पाते विकास ने मुझे रोकते हुए कहीं कॉफी पीने के लिए कहा पर मैंने ना जाने क्यों यह कहकर मना कर दिया कि मेरी क्लास है ,तब उसने मेरा मोबाइल नंबर ही मांग डाला ।नंबर ना देने की कोई ठोस वजह ना सोच पाई और उसे अपना नंबर दे दिया ,अक्सर विकास का फोन आया करता।कभी परिवार तो कभी कॉलेज की बातें हुआ करती। एक दिन अचानक ही विकास घर आने का साहस कर बैठा ।उसके आने से माँ बहुत खुश हुई बोली," बहुत अच्छा किया बेटा जो तुम घर आए "।पापा जो अच्छे से उसको धन्यवाद भी नहीं कर पाये थे बोले "बेटा तुम तो हमारे जीवन में भगवान बन कर आए हो",और भाई को तो खुश होना ही था क्योंकि विकास उसके लिए चॉकलेट जो लेकर आया था ।बस मैं ही थी जो थोड़ी अचंभित और शायद थोड़ी खुश सी थी, उसे अचानक घर में देखकर ।थोड़ा वक्त हमारे साथ बिता कर वह वापस चला गया ।

एक दिन मैंने उससे उसकी पारिवारिक पृष्ठभूमि के बारे में पूछा ।उसने बताया कि वह गोरखपुर से हैं ।क्या गोरखपुर ! तुम गोरखपुर से बरेली पढ़ने कैसे आ गए? मैंने कहा ही था वह तपाक से बोला शायद तुमसे जो मिलना था। इतने में हमारी कॉफी आ गई । मुलाकातों का सिलसिला चाहते ना चाहते हुए भी बढ़ने लगा।कुछ महसूस करने लगी थी मैं विकास के लिए। पर समझ नहीं कर पा रही थी।

देखते ही देखते पता ही नहीं चला पूरा साल कहां निकल गया।

एक दिन सहसा ही यह ख्याल आया कि कैसे मेरी और विकास की मुलाकात हुई, कैसे वह मेरी जिंदगी में प्रवेश कर गया ,और आज वह मेरा ख्याल भी बन गया पता ही नहीं चला ।सोच ही रही थी या कहो खुद से प्रश्न कर रही थी कि मैं और विकास अच्छे दोस्त हो गए हैं या कुछ और है हमारे बीच जो स्वतः ही पनप रहा था , विकास जिसकी आँखे और बातें बहुत कुछ बयाँ करती थी और मैं जो कुछ बैचेनी सी महसूस करने लगी थी उसके लिए । पर ना मैं और ना विकास अपने दिल को खोल पाये एक दूसरे के सामने।अगले ही पल विकास का फोन आ रहा था, एक ही क्षण में सोच लिया कि बड़ी लंबी उम्र है विकास की ।उसने बताया कि उसके पापा को पैरालाइसिस का अटैक आया है, और वह गोरखपुर जा रहा है। जाने से पहले मिल भी ना सका इस बात का दुख जता रहा था।

यूं ही दिन बीतते गए और विकास कभी बरेली वापस नहीं आया। मेरा ख्याल भी ख्याल बनकर रह गया।वो अहसास भी मेरे अदंर सिमट कर रह गये। और वह प्रश्न..जो मैं खुद से कर रही थी एक कदम भी ना बढ सका, अधूरा.. ही रह गया।

Supriya Sharma

Supriya Sharma is an aspiring writer hailing from Haridwar, Uttarakhand. She is currently in her third year of graduation from the esteemed university Banasthali Vidyapith. Since her school days, she has been a vigorous writer, taking part in competitions and writing online. She has a knack of penning down her emotions and thoughts in the form of passages and poetries. She believes that it is important to express, be heard and understood over ignorance, which she expects for her as well. She has worked in other anthologies also. Further, she is aiming to be a well known writer and a poetess in future.
Follow her on Instagram: supriya_sharma_._

Love Is All There Is

Back then, those letters which were delivered,
Through secret postmen or the pigeons,
The delightful couple of nights it bought, with a smiling moon,
The butterflies in stomach, with those gorgeous calligraphic lyrics,
Were the potions of secret love that merrily bloomed.
Now the rides at night, without the fear of fright,
The peace of togetherness, and the sharing of fries,
The mishap of hair, and a do over of makeup,
Basking in each other's presence, even if for little instants,
Are the moments of love, which make everything exquisite.
Those slight blushes and catching of eyes,
Flowing of words with only eyes or smiles,
That fluttering of heart like ticking of a clock,
And that one touch which brightens your heart,
Is the love that doesn't keep the souls apart.
The nights are less lonely when it's all darkness you thrive in,
The days are rather brighter knowing that there's that one,
Who will be there to take you to those clouds above,
You relish, for that love is scarce to find,
And that its secrecy merely makes it lovelier.
But what's love, if it doesn't find its suitors already,
What's blushing smiles and glittering eyes,
If love would never have 'em destined,
All those moments sky gazing and those slight touches,
Wouldn't have rendered warmth, wasn't it for love.
And that's love, with all its warmth and splendor,
Where trust is high and respect all above,
Where small things give the highest of delight,
Where two hearts confide to each other's wholes,
And challenge for more, for as far you can grow.

Bandana Satpathy

She is persuing her Bachelor's . Writing is not her proffession. But yes writing is her passion . She is writing since almost 1.5 years .

Follow her on Instagram: Sayariduniya07

यादें

उन चाहत के बातों में
प्यार की बरसातों में
उनका हाले दिल बयान करना
रह गई मेरे यादों में

शाम के चाई में
उनका हाथ मेरे हाथ में
एक दूसरे में खो जाना
रह गई मेरे यादों में

दबी जज्बातों में
फिर्भी उनकी बातों में
उनका दीदार करना
रह गई मेरे यादों में

कुछ फसानों में
कुछ अपसानों में
चर्चा उनका करना
रह गई मेरे यादों में

दरमियान

इतना करीब क्यूं आते हो हमारी
के हम शर्मा ही जाते हैं
दिल भी जोरों से धड़कता हमारी
और पलके झुक ही जाते हैं

Anuja Singh Sharma

अनुजा जयपुर की रहने वाली और खुले विचारों वाली व्यक्तित्व की महिला हैं, गत 10 वर्षो से शिक्षा के क्षेत्र में कार्यरत हैं, बीते 6 महीनों से कला की तरफ इनका रुझान बढ़ा और आने वाले भविष्य में अपनी पहचान एक लेखिका के रूप में बनाना चाहती हैं।

Follow her on Instagram: Anujasharma33

पहली नज़र

मुझे आज भी याद है तुम्हारा वो पहला दीदार
कॉलेज का पहला दिन था
और तुम अपनी सहेली के साथ
कुछ सकुचाई कुछ घबराई
क्लास में दाखिल हुई थी
इधर उधर देखते हुए तुम्हारी नज़रे
मुझसे टकराई थी
कितनी प्यारी लग रही थी तुम
पीले सलवार सूट में अपनी किताबों
को अपने सीने से लगाए थी
पहली ही नज़र में दिल हार बैठा था
फिर तो रोज़ तुम्हे देखना सांस लेने
जैसा जरूरी हो गया था
तुम्हारे पास आने का कोई मौका गवाता
नहीं था मैं, तुम्हे किसी कीमत पे खोना
चाहता नहीं था
तुमने भी पढ़े थे प्यार के हर्फ मेरी आंखों में
बिना कहे जान गई थी चाहता हूं तुम्हें
विश्वास नहीं हुआ था जब कॉलेज के
आखिरी दिन मेरे पास अ के कहा था तुमने
तुम तो के नहीं पाए मैं ही कह देती हूं
पहली ही नजर में मैं भी दिल दे बैठी थी तुम्हें।

इक तरफा इश्क़

जब दो चोटी बांध के, पापा के पीछे स्कूटर
पर बैठ के स्कूल जाया करती थी
तब से तहे दिल से चाहता हूं तुम्हें
शाम को जब साइकिल पर सहेलियों के साथ
ट्यूशन जाया करती थी
तब भी छिप के देखा है तुम्हें
सजदे में जब जब ये हाथ उठे हैं
खुदा से दुआ में मांगा है तुम्हें
कहीं रुसवा ना कर दूं तुम्हें
और अपने प्यार को दुनिया की नज़रों में
इसलिए अपने इश्क़ की हवा भी ना
लगने दी तुम्हें, पर तुमने तो पढ़ा था
मेरी आंखों में अपने इश्क़ की ताबीर
देखी थी मेरे दिल में अपने प्यार की तस्वीर
तो क्यों उसका नाम अपनी उंगली में सजाया
क्यों कर दिया मेरा इश्क़ पराया।

Priyanka Varma

She is Priyanka Varma studying Master's of Pharmacy from Visakhapatnam. She is a National and Central Zonal Sports Player along with being a Classical Dancer and an Artist. Along with these, She is also a poetess fond of writing her thoughts.
she believes that "The best and most beautiful things in this world cannot be seen or even heard, but must be felt with the heart".

Follow her on Instagram: priyanka_varma_

The Beauty Of Love And Dream

I was startled from your dreams, and I could not stop thinking about you…
It was still midnight and, after all I had just slept for only an hour…
I get out of my bed, and face the mirror, and
you wouldn't believe me, but the first one I saw,
smiling gently, through the mirror…
It was you, but I must have been dreaming…
Maybe it was just a follow-up of my dream…
Suddenly the mirror cleared up (I certainly
must have got back my lost senses), for now I see myself…
My reflection staring back at me…
But the night had just begun, and why I see my reflection talking to me…
I rub my eyes to clear my vision…
But it only gets worse...
I found it asking me,
(I must be out of my mind) "So…Must I believe that Ms.optimistic had fallen in love?"
I smiled…

At some moment, I would think my love for him is filmsy and shallow…
She realized it too, and asked me again
"Why do you love him so much? Why do
you contemplate over his thoughts all day
and dream about him all night?
Why do you hang on-to your phone all day
and enthusiastically wait for him to text you?
Why is YOUR LIFE dominated NOT BY YOU,
BUT BY HIM? Why?
Give me a reason, you can't run away from yourself…"

I smiled…Yes, I can't run away,
But I realized all the answers to these questions
Are nothing to me, but a
plateful of my deepest secrets…which no one but me
will ever know, as for the rest of my life…
Some things are better left "UNSAID"

Varinder Kumar Langeh

Varinder Kumar Langeh, is born and brought up in Gran Mode, a village of Reasi, at Jammu and Kashmir.
He has completed his 10th class from a Government High School Kheral, Reasi.
His hobbies are Long drive, writing hindi Shayari's, ghazals, songs and motivational quotes.

His pen name is Vk Langeh.
YouTube channel name
Vk LaNgEh/Duugar series
Facebook name vk LaNgEh

गज़ल

यूं ही आज उसकी याद -ने रुला दिया है मुझे
मौत से भी पहले ज़िन्दगी ने सुला दिया है मुझे १

पास रह के भी मेरे दोस्त क्यों हैं मुझसे दूर
इसी सोच ने अंदर तक हिला दिया है मुझे २

बिछड़े हुए यारों की याद आई है इतनी
इन यादों की तपीश ने जला दिया है मुझे ३

बीती हुई यादों को खुरचने की कोशिश की
हंसी ख़ुशी ज़िन्दगी सब कुछ भुला दिया है मुझे ४

जब कभी हँसते है तो आंखें छलक पड़ती हैं
यूं ग़मो ने आँसूओ से मिला दिया है मुझे ५

आईने सी टूटी हुई तस्वीर बन गया हूँ
रूठे हुए भागय की लकीर बन गया हूँ १

अब कहा बसेरा बेवस इंसान को
दो गज की मिली जागीर बन गया हूँ २

कैसे लगे निशाना अब अपने लक्ष पर
टूटे हुए कामान का तीर बन गया हूँ ३

बड नहीं सकता दो कदम आगे
अपने गाव की जंजीर बन गया हूँ ४

जैसे चाहो खरीद सकते हो मुझको को
मैं दर्द भरा पागल शायर बन गया हूँ ५

खुद राह दिखाता रहता हूँ मैं य़ारो
और खुद भटकता मुसफिर बन गया हूँ ६

महोब्बत कुछ ऐसी हो गेई थी मेरे मेहबूब को चाँद से
चाँद की नरम रोशनी कातिल करती गेई हमारे दिल ओ जान को
कातिल करती है तुम्हारी निगाहे हजरो लोगो को ओह साहिब
पर होता नहीं था मैहसुस हमारे उस जैसे मैहबूब को

हजारों मांजिले होंगी बहुत हमसफर होंगे
इस मेहफिल मैं बहुत लोग होंगे
उनकी निगाहे हमको ढुढेगी
हम इस दुनिया मैं नहीं होंगे

आना कभी मेरे जनाझे पर
कसम खुदा की अंसूओ की बारिश कर दूँगा
खडे होंगे जो मेरी मिजार पर
उनकी आँखों से भी गमो की बरसात कर दूँगा

हम पागल शायर है जनाब हमें खामोश ही रहने दो
ज़रा सा मचल गये ना पूरी मेहफिल मैं आग लगा देगे

मौसम को मौसम की भहारो ने लूटा
हमें कश्ती ने नहीं किनारो ने लूटा
आप तो डर गये हमारी एक ही कसम से
आपकी कसम दे कर हमें तो हाजरों ने लूटा

मेरी तरह तुमे दिल मैं कौन रखेगा..!
बहुत से लोग होंगे आपकी ज़िन्दगी मैं..!
आप तो हामरे दिल मैं बसते हो गालिब.!
मेरी तरह तुमहे अपने चहरे के सामने कौन रखेगा..!

Nikita Goyal

Nikita Goyal is a graduate in Journalism and Mass Communication, born and brought up by a loving and supporting family in Delhi. Being a biology student till the 12th standard, she was planning to be a doctor like others but then took a year off to figure out what she wanted to do. And at last, she realized her love for telling stories either through documentaries or writing and went ahead with it. In addition to her love for telling stories, she is also passionate about dance, travelling and amazing food. She is someone with a passion for expanding her horizons, documenting other ways of life and raising awareness in all corners of the world to the harrowing plights of others.

Follow her on Instagram: @vagabondwithahome
@missnikita14

Old School Soul Falling In Love In The 21st Century

Write Up - I was always fascinated with Romeo and Juliet, in short someone who believed in an eternal saga of forever love. That one fine day a Romeo will come for real, and unlike Romeo and Juliet, we will have our happily ever. Little did I know that it is the 21st century, and that was the 15th century. Here you go with how it is like to be in a one-sided undefined relationship in the 21st century.

My morning used to start by making the plans of communicating with him like Juliet must have conversed with Romeo. Little did I know, he was an engineer, and I was no Juliet. Every conversation with him was like a series of codes, that needs to be decoded. And I was no expert in Java or Python, so was just getting tangled in his complex HTML codes.

I was a writer, fascinated with the handwritten love letters and long sagas, whereas even his text reply seemed like an acute crisis of words like his 'Okay' just had 'K'.

I am someone who still believes in the magic of conversations and those dreamy nights where we interact through our souls. He was someone who was attached with emails as his every conversation was compact and to the point.

My day used to pass by making plans on how to interact not interrupt him, but I guess his was to cancel all of it like that pending Goa trip with friends.

I was like an unexplored island far away from the bustling

streets of the city, waiting to be explored. And he was someone who was too attached with the Highways.

I am that filmy person who just wanted time to stop when he was around, but then he was way too attached with his google calendar.
Every call made to him became a regret later on. Again and again, I was still making the same mistake because his voice that mattered the most.

Now I wonder his conversation was a complex code or he was, or I am just a too old school for the 21st century.
Nevermind, I am back again waiting and daydreaming about my Romeo, who is far away from codes.

Anant Raghuvanshi

चौधरी अनंत बालियान का जन्म उत्तर प्रदेश के मुज़ज़फरनगर जिले के नुनाखेड़ा(नंगला) गाँव में हुआ है।

उन्होंने अपनी शिक्षा में I.T.I. हेत्तमपुर हरिद्वार(उत्तराखंड) से प्राप्त करी है।

शूटिंग के खेल में वे काफ़ी दिलचस्पी रखते है।

साथ ही लेखन के प्रति भी उनकी विशेष रूचि है।

Follow him on Instagram: choudhary_anant_baliyan

कुछ सोचूं तो तेरा ही ख़्याल आता है,
कुछ बोलूं तो तेरा ही नाम आता है,
कब तक छुपाऊ दिल की बात
तुम्हारी हर बात पर मुझे प्यार आ जाता है।

इश्क़ ने हमें बेनाम कर दिया,
हर ख़ुशी से हमें अनजान कर दिया,
हमने तो कभी चाहा ही नहीं,
की हमें भी मोहब्बत हो,
लेकिन आपकी एक नज़र ने हमें नीलाम कर दिया।

हम वो नहीं जो तुम्हे गम में ही छोड़ देंगे,
हम वो नहीं जो तुझसे नाता तोड़ देंगे,
हम वो है जो तुम्हारी साँसे रुके तो?
अपनी साँसे छोड़ देंगे।

निगाहें जब मिली उनसे तभी दिल हार बैठा हूँ,
मै उसपे वारने सब कुछ लिए तैयार बैठा हूँ,
अगर एक बार कह दे वो की आ जाओ मेरे दिल में,
मै दुनिया भर की रस्मो को भुलाने को भी बैठा हूँ।

अपना बनाकर हमें अपनी बाहों में भर लो,
होंगे नहीं कभी जुदा हम आज ये वादा कर लो,
टूट जाएंगे अगर हम तुमसे दूर हो गए,
कल रहें या ना रहें आज चंद बातें कर लो।

टुटा हुआ फूल भी खुशबू दे जाता है,
बीता हुआ पल यादें दे जाता है,
हर इंसान का अपना अपना अंदाज़ होता है,
कोई ज़िन्दगी में प्यार देता है,

कोई प्यार में ज़िन्दगी देता है।

हर शाम से तेरा इंतज़ार किया करते है,
हर ख़्वाब से तेरा दीदार किया करते है,
दीवाने ही तो है हम तेरे,
जो हर वक़्त तेरे मिलने का इंतज़ार किया करते है।

मेरे दिल ने जब भी कभी कोई दुआ मांगी है,
हर दुआ में बस तेरी ही वफ़ा मांगी है,
जिस प्यार को देख कर जलते है ये दुनिया वाले,
तेरी मोहब्बत करने की बस वो एक अदा मांगी है।

दिल में है जो बात होठों पे आने दे,
मुझे जज़्बातों की लहरों में खो जाने दे,
आदी हो चुका हूँ मै तेरी निगाहों का,
अपनी निगाहों के समुन्दर में डूब जाने दे।

Nadeem Ahmad

नईम अहमद का जन्म हरिद्वार के जमालपुर कलां गाँव में हुआ है।
उन्होंने शिक्षा में पोस्ट ग्रेजुएशन किया है।
वर्तमान में वे एक पार्ट टाइम मोटर मैकेनिक है।
लेखन कौशल में उनकी विशेष रूचि है।

प्यार की चुप्पी तोड़ूं कैसे
खुद को तुम जोड़ूँ कैसे,
कहने को तूम्हे हमराही माना
पर ये सब तुम को बोलूं कैसे,
तुम कहते हो दोस्त हैं हम
फिर प्यार भरी बातें करती हो कैसे,
रखती हो तुम भी हम पर नजरें
मै देखूं तो तुम घूरो कैसे,
एकदूजे के हम होना चाहे
पर ये अहसास दिलाये कैसे,
साथ हो तो कुछ पल हस लेते हैं
दूर जो रहो तो मुस्कुराऊँ कैसे,
गलती तो मै करता नहीं
फिर बिना बात के झगड़ते हो कैसे,
रूठोगे तो मना लूँगा
फिर चाहे जो हो जैसे कैसे,,
जमाने से क्यों डरते हो
लोग हैं इस मे नजाने कैसे,
सब रातो में तो तुम मेरे हो
दिन में अपना बनाऊ मै कैसे
सब मुझको अकर्मण्य बोले
फिर भी तुम में इतना व्यस्त मै कैसे,
खोने से तुमको अब डरता हैं मन
पर पहले तुमको पाऊँ कैसे।

सुकून मिलता ही नही अब मर्ज को मेरे,
बस अब उसे बुलाओ कोई जैसे कैसे।

अब अगर सुकून है तो उसे भूलने में हैं,
पर उस को अब भुलाऊं मै कैसे।

हर दम धमकी देती हैं मुझको,
बहुत बड़ी हिटलर हो वो जैसे।
अक्सर सहमा रहता हूँ मैं,
कंही छोड़ना जाइये मुझको वो ऐसे।

सब बातें तो वो करती हैं अच्छी,
कौन न खोये बातो में कैसे।

Agrima Viraj

Agrima Viraj
She has completed her schooling in the year 2020 and is currently preparing for the competitive exam NEET. She is highly determined to pursuit her profession as a DOCTOR. The writer within her awakened when she started penning down her boundless thoughts & emotions. Her poetries generally incline towards the moderation, tenderness and teenage insight of living life.

To get in touch with her writing work, refer to the following:
Instagram: agrima_viraj
Mail ID: agrimav.hyd@gmail.com
Wordpress: theuntouchedmind.wordpress.com

~काश तुम्हे बता पाती~

वो एक दौर हुआ करता था
बेइंतहा मोहब्ब्त से भरा था
ज़रा से ज़िक्र की बस देरी थी
पर हिम्मत कुछ होती ना थी

हर रोज़ तय कर के उठती
कि इज़हार आज करना है
धड़कने कायम होती ना थी
फिर भी प्यार यूँही करना है

तुम्हारा बगल से गुज़र जाना
मेरी साँसों का तेज़ हो जाना
खामोशी में सब बोल जाना
नज़रों का वो कैद हो जाना

एक अनदेखी मुस्कान लिए
तुम्हे घंटों घंटों ताकते रहना
दिल में बसाए वो नर्मी लिए
फिर भी कुछ कह ना पाना

आज भी इतने बरसों बाद
याद जब कभी तुम आते हो
दिल फिर वैसे ही थाम उठता है
ज़ुबान फिर वैसे ही सिल जाती है

प्यार तो कल भी था आज भी है
वो जुनून वो पागलपन आज भी है
कमी थी खुद को बस समझाने की
अफसोसे! काश तुम्हे बता पाती

Avantika Yadav

Hey this is Avantika yadav from a small local city of Uttar Pradesh named Etawah. I'm about to Completing my graduation till the mid of the year.

I'm not any kind of popular or perfect writer...but somehow I write whatever I goes or feel through I love writing because there's no boundations in your thoughts,you have boundaries in society and out of society too but the only place where you're free to express yourself is (your happy place) your writing space.

My write-ups are just for relieving my head ups

If you like my new start-up my writeup than do follow and check on **@.da_silent_words**.

The Secret Love

कोई चांद नहीं है मेरा वो
नजर सबकी टिकी हो जो

एक खास परिंदा है वो
टिकी नजर जिसपे सिर्फ मेरी हो

रिश्ता हमारा कुछ ऐसा है,
रखना कैद में भी नहीं और पहर हर नजर भर लेने जैसा है

बताना समझाना कुछ भी नहीं
बस चाहते है उस कद्र कि जिसकी कोई हद ही नहीं

मैं चाहता हूं उसे
उस नादान को तो मालूम ही नहीं

पाने की उसे चाहत नहीं,
आंगन मेरे हर रोज आए वो इससे बड़ी कोई राहत ही नहीं

न कुछ मांग है न बताना अपना हाल है ,
वो जैसा है वैसा ही कुछ ज्यादा कमाल है

चाहत नहीं है चांद की ,
मुझे वो परिंदा हर रोज चाहिए,
सुनहरे से जगमगाते चेहरे पर हर रोज वो मौज चाहिए

चांद नहीं है मेरा वो
नजर सबकी टिकी हो जो
एक खास मेरा परिंदा है वो

टिकी नजर जिसपे सिर्फ मेरी हो

कहने को मोहब्बत हालत मेरी थोड़ी सुस्त है,
ये इश्क जो है मेरा
थोड़ा सा गुप्त है।।

Shivam Hudda

शिवम हुड्डा का जन्म उत्तरप्रदेश के बागपत जिले के एक छोटे से गाँव शबगा मे हुआ है।

उन्होंने अपनी प्राथमिक शिक्षा गाँव से ही करी। उनकी योग मे विशेष रूचि है जिस कारणवश उच्च शिक्षा उन्होंने गुरुकुल कांगड़ी विश्वविद्यालय से बैचलर ऑफ़ आर्ट्स (योग) से प्राप्त की है।

एक अच्छे शायर के साथ साथ उनका संगीत के प्रति भी खासी झुकाव है और प्रभु शिव के लिए काफ़ी गीत दिए है उन्होंने जो की लोकप्रिय भी रहे।

अच्छे रचनाकार के तौर पर वे एक चर्चित youtuber भी है।

Follow him on Instagram: Theshivyogi

तू हो किसी का में तेरा हूँ
तुझ पर ही अब जान निसार करता हूं
खुशी है तू मिला मुझे भीड़ में
पाने की खुशी में तुझें तेरा अहसान करता हूं
जब जाना कोई किसी का नही तब तेरा साथ पाया है
इस साथ को पा कर सातों समंदर पार करना चाहता हूँ
प्यार सिर्फ़ तुझसे गिला कुछ करू क्यों
करता हूं प्यार तो दुनिया से डरु क्यो
इज़हार ए मोहब्बत कर दी है सामने तेरे
तू अपना या मत अपना किसी और का बनु क्यो
जाना तेरे दर मेरे घर तुझें देख देख निहारता रहूँ
बैठा रहूँ तेरे पास कर आस जीने का नज़रिया पाता रहूँ
ख़ुशी का पल है आज नही कल सबको समझाता रहूँ
ग़मो को भुला तुझें संग पा मस्त नगमे अब गाता रहूँ

लूट जाऊँ तेरे इश्क़ में दे इजाजत तो सही
ख़ुद को मिटा लूँ इश्क़ में तू मेरा बन तो सही

चाहतो के दरिया में डूबना में चाहू,
ख़ुद को मिटा तुझमे मिलना में चाहू,
प्यार की गंगा में डुबकी लगाउ,
दिल पे अपने तेरा नाम लिखाऊँ।

तरसी मेरी आंखे देखन को तेरा चेहरा
ना रूह को करार मेरी दिल पे है तेरा पहरा
है इश्क़ मुझे तुमसे तुमसे है इश्क़ गहरा
ना सुनु अब जग की हो जाऊँ जगत लिए बहरा

तुझसे सुबह मेरी तुझसे ही अब शाम हो
हर वक़्त मेरी जुबा पर तेरा ही नाम हो..!!

तुझें सीने से लगा कर तुझें दिल मे छुपा कर
रखूं में करीब इतना तुझें रूह में बसा कर..!!

लगा के इश्क़ का रोग मैंने अब मुक़ाम पाया
तू है सब कुछ मैंने तुझसे अपना नाम पाया..!!

अधूरा इश्क़ नही मुक्कमल दूसरा जहां होगा
मरते वक्त भी जुबा पर तेरा नाम होगा..!!

चाहत तेरी दिल मे मूरत तेरी आँखों मे बसा कर
छुपा लू तुझें रूह में हर किसी से बचा कर..!!

रुठ जाओ कभी मुझसे तो मना लूँगा में
कभी मेरा साथ छोड़ने की बात मत कहना..!!

में भी तेरा ही किस्सा हूँ
अधूरा हुँ पर तेरा ही हिस्सा हूँ...!!

मरने के बहाने हजारों है जीने का
बात तो कोई हो,
दिल तोड़ने वाली कहानी बहुत है दुनिया मे
जोड़ने रात तो कोई हो।

दीदार ए महादेव हो जाए तो क्या कहिये
अगर उनसे प्यार हो जाये तो क्या कहिये..!!

Abhishek Prasad Gupta

अभिषेक प्रसाद गुप्ता का जन्म बिहार राज्य के धनवाद जिले मे 1992 मे हुआ है। अभिषेक ने अपनी प्रारंभिक शिक्षा अपने गाँव मे ही स्तिथ आदर्श शिशु एस एस हाई स्कूल बाघमारा से की है एवं विज्ञान विषय से इंटर की शिक्षा प्राप्त की।

आपने 2 वर्ष आई॰ आई॰ टी॰ का प्रशिक्षण प्राप्त किया।

तत्पश्चात 3 वर्ष इतिहास संकाय से स्नातक किया। इसके अलावा अपने डी॰ ई॰एल॰डी॰ई॰डी॰ का प्रशिक्षण प्राप्त किया। वर्तमान मे आप एक शिक्षक है और सफलतापूर्वक अध्यापन का कार्य कर रहे है।

अध्यापन के साथ साथ आप एक साहित्य एवं कविताएं लिखने मे भी खासी दिलचस्पी रखते है। देशभक्ति, सहादत, भारतीय सेना से आपका गहरा लगाव है और उनसे काफ़ी प्रेरणा लेते है।

Follow him on Instagram: Arnav Abhishek gupta

वो नाज़ुक सा बदन, वो गुस्ताख़ियाँ,
वो मासूम सा चेहरा, वो अंगड़ाईयाँ,
वो नैना कजरारे, वो आँखे जैसे तारें,
वो गुलाबी सा होंठ, वो काजल तुम्हारे।

यही तो है ख़ूबसूरती, जो सबको लुभाती है,
वो पायल की झंकार, सबको पास बुलाती है,
वो मस्त सी तेरी अदाएं, वो गुलाबी से गाल,
वो नाज़ुक सा बदन, वो घूँघराले बाल।

चाँद की वो चांदनी, फूलों का शबनम,
जन्नत की खुशियाँ, तुमसे तो है कम,
वो हाथों की चूड़ियाँ, वो माथे की बिंदिया,
वो हाथों के कंगन, उड़ाती है सबकी निंदिया।

वो तेरे नैन कजरारे, आँखों की गुस्ताख़ियाँ,
वो तेरी इठलाती अदाएं, वो तेरी बिंदिया,
सच-मुच वो कम नहीं चाँद से,
कुदरत ने बनाया है तुझे, बहुत इत्मीनान से।

जब तू है मुस्कुराती, मेघा भी है शर्माती,
काली सी घनघोर घटा, तुझ पर सब लुटाती,
तू तो क़यामत सी है, क्या है तेरा मोल,
सोने चांदी से महंगी है, तू तो है अनमोल।

लाखों मे तू एक है, तेरी बातें है निराली,
कितनी सुन्दर है, वो तेरी चूड़ियों की हरियाली,
तेरे सिवा ये मन मेरा कुछ जानता नहीं,
देखूँ तुझको हज़ार बार दिल ये मानता नहीं,
वो तेरी अदाएं, वो तेरी मुस्कान,

वो तेरी गुस्ताखियाँ, कुदरत भी मेहरबान।

वो फूल गुलाब का, कोमल सी कली,
निहारती है तुझको पल-पल घड़ी-घड़ी,
रूप है तेरा सुहाना, रंग है गोरा सा,
मुस्कुरा दे तू भी आज तो थोड़ा सा।

वो आईना भी देख कर तुझको शर्माता होगा,
तेरी खूबसूरती का गुण वो भी गाता होगा,
वो तेरी लाल चुनरी वो हारी हरी-हरी साड़ी,
वो गुलाबी सी होंठ तेरी है फूलों की क्यारी।

क्या नज़ाकत है क्या दिलनशी है तू,
चाँद सी ही सूरत तेरी खूबसूरत है तू,
तेरी मुस्कुराहट तेरी वो आबरू,
तू जहाँ हो खड़ी, वो वही पर शुरू।

वो तेरा मुस्कुराना अधूरा चाँद सा,
वो तेरा खिलखिलाना, है पूनम के चाँद सा,
जब तू सजेगी, जब तू बनेगी दुल्हन,
रूप होगा तेरा सुहाना, अद्भुत होगा यौवन।

ये तेरी खूबसूरती है अधूरा चाँद सा,
है तेरी मुस्कुराहट पूनम का चाँद सा,
तू लगती है परी रूप ये श्रृंगार सा।

Flairs and Glairs, a platform by a student for the students. We are esteemed youth struggling to carve out our path for our future and we follow a basic mindset Since everyone is not born with all-round skills. Joining hands with people who are born to execute it with perfection is the best way to evolve. Self-Evolution is the need of the hour but, evolving as a community is what we strive for. The initiative as kickstarted by, Founder- Mr. Shubham Shah with the motive to utilize the skillset and talent of writing has now a team of 10+ people who are actively participating into newer forms of learning and discovering talents among youngsters. We Provide platform and services like Publishing opportunities, Open mics, Workshops, Hands-on training. Operating with Brand Name of Flairs and Glairs (Publication House), we offer the chance of elevating a passionate writer to an esteemed author With Brand name Teekhe Zasbaaat. We bring to you an opportunity to get accustomed with the Public Speaking and Presenting of Thoughts along with regular challenges to brush up your inking spirit. The newest initiative to extend our services we introduced in a new writing Platform- The Glittering Fables and Ink Over Tears.

We Choose to Fly Like A Falcon than to be

a Leg Pulling Crab.

To Know More: Infoline – 7781900870
Mail Us At-
flairsandglairs@gmail.com / info@flairsandglairs.in
Or Visit is at
www.flairsandglairs.com / www.flairsandglairs.in
Social Handles- @flairsandglairs @teekhezasbaaat